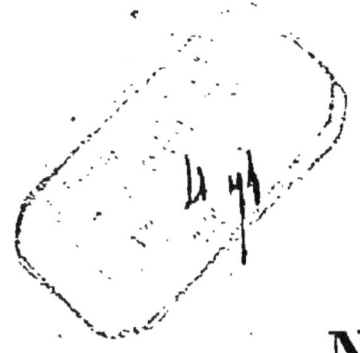

NOTES

Prises à la hâte et seulement pour mémoire

PENDANT L'INVASION

DES PRUSSIENS

A SAINT-GERMAIN EN LAYE

(SEINE-ET-OISE)

—◦—

ANNÉES 1870-1871

Lundi, 19 septembre 1870. — Jour néfaste! — On entend le canon à 5 heures du matin ; à 7 heures du soir, la canonnade cesse ; mais quelle journée! quel bruit effrayant! Et puis où cela s'est-il passé? Est-ce nous qui sommes victorieux? Cette incertitude double le chagrin que l'on éprouve d'être les prisonniers de ce barbare Guillaume!

Vers 7 heures 1/2 arrivent à Saint-Germain 6 uhlans ; ils sont hués dans la rue de Paris ; des jeunes gens crient : Arrêtez-les! Un des uhlans tire un coup de fusil en l'air ; on se tait et ils passent. — 1200 Prussiens campent cette nuit à Bougival.

Mardi 20 septembre. — 6 heures du matin, 5 uhlans passent dans la rue de Paris ; 7 heures 30, 12 les suivent ; un gamin vient l'annoncer à la garde nationale qui fait l'exercice sur la Terrasse ; les officiers crient : Rompez les rangs! Sauve qui peut général ; rien de plus comique que de voir tous ces hommes courir à droite et à gauche.

Midi. — 20 Prussiens traversent la ville et vont parler à la Commission. — 600 Prussiens campent entre Port-Marly et le Pecq, dans la prairie qui a nom : *Champ de la Madeleine.* Avec la longue-vue, je suis tous leurs mouvements ; ils ont environ 40 voitures ; à l'instant en arrive encore une vingtaine contenant des bateaux en fer ; bref, tout un matériel de pont.

A 4 heures, moi et ma société, nous descendons dans leur camp ; nous avons beaucoup de mal à pénétrer, nous sommes refusés à deux postes ; mais nous apercevons une brèche, nous passons, et nous voilà dans le

camp. Notre seul but est de voir le pont qu'ils ont jeté
en moins de deux heures sur la Seine ; il se compose
de 31 bateaux en fer, espacés de deux mètres en deux
mètres à peu près, puis des planches. Cela fait un
pont, mais un pont superbe ; avant que de le construire, ils ont, avec 2 bateaux et des planches, passé
des chevaux, puis 50 hommes à chaque voyage ;
ensuite, sur un grand radeau, ils ont passé 100 hommes à la fois. Toute cette troupe a été explorer le
Vésinet et le Pecq, et y a couché ; les autres couchent
au camp et attendent demain, 21 septembre, un corps
d'armée considérable ; ils disent, en montrant le Mont-
Valérien, qu'ils l'attaqueront sous peu. Ils ignorent
que c'est plus facile à dire qu'à exécuter.

7 heures du soir. — Nous sommes consternés :
4 obus viennent d'être lancés sur la ville ; ils passent
en sifflant dans mon jardin, nous les voyons de nos
fenêtres ; mais nous les entendons surtout. Quel siffle-
ment ! !

21 septembre. — Voici l'explication au sujet
des 4 obus : Un chef du camp prussien avait demandé 100,000 francs pour sept heures du soir ;
l'heure fixée étant écoulée et ne voyant rien venir, ce
gracieux chef n'a rien trouvé de mieux que de faire
lancer 4 obus pour nous rafraîchir la mémoire.

M. Lamare fils, docteur-médecin, membre de la Commission, s'est empressé de courir au camp. Il s'est cons-
titué prisonnier en attendant que les 100,000 fr. fussent
versés. Il a réclamé, vu le froid, la permission de se
promener de long en large ; on a refusé brutalement
en disant : Non ! Il a demandé à fumer un cigare. Oui !
Il en a tiré deux de sa poche, le soldat de faction lui a
demandé l'autre, et, sur le même ton qu'on lui avait
répondu, le jeune docteur a dit : Non !

M. Evrard de Saint-Jean, président de la Commission, a envoyé un exprès à Poissy, au général V. Redern, qui a dit que Saint-Germain, ville ouverte, ne s'étant pas défendue, n'avait rien à payer, etc. Le docteur Lamare a été mis en liberté à 11 heures du soir, quand le général a envoyé cette réponse.

Un obus est tombé sur la caserne du Luxembourg, un sur une cheminée de la rue de l'Aigle-d'Or, un dans une maison bourgeoise, et enfin le quatrième sur l'Église; il a percé la voûte du chœur et a coupé les jambes de saint Étienne. Les maisons vides d'habitants autour du camp sont pillées; ils emportent vin, linge, matelas, pianos, et se font des guérites avec les armoires à glace.

Midi. — Le général Von Redern arrive avec 12 ou 1500 hommes : le général loge au Pavillon Henri IV; les Prussiens dans les casernes, les officiers et leurs ordonnances chez l'habitant.

Jeudi, 22 septembre. — Le général prussien fait publier qu'avant midi la Garde Nationale ait apporté ses fusils. Un grand mouvement a lieu dans le camp vers 3 heures du soir, des cavaliers partent dans toutes les directions.

100 Soldats arrachent des carottes; 100 autres creusent une tranchée près du pont, vis-à-vis le camp. Un chef prussien vient visiter le camp; il est dans un breack splendide à 4 roues, 2 beaux chevaux; des cavaliers le précèdent, d'autres le suivent, un officier conduit; on dit que c'est Bismark.

Les Prussiens dévalisent tout à Bougival, Port-Marly et au Pecq. Le Vésinet en a sa bonne part : beurre, vin, volailles, matelas, tables, meubles divers; ils prennent toutes les couvertures de laine, les coupent et s'en font des ceintures.

M. Fauqueux, mon voisin, a chez lui 4 officiers, 4 ordonnances et 9 chevaux ; les officiers sont rentrés à minuit, et ont dit à la bonne : quatre bains de pieds tout de suite ; puis ce matin, ils lui ont donné du linge sale ; lavez, Madame, et promptement, attendons après. Les ordonnances promènent les chevaux dans le parc et dans le légumier ; ils mangent le raisin et gaspillent tout.

Vendredi, 23 septembre, 9 heures du matin. — Un ballon plane au-dessus de la ville ; on jette des papiers qui portent l'adresse du marchand de ballons à Belleville ; on en trouve dans les jardins et dans les rues ; la vue de ce ballon tourmente les Prussiens ; 9 heures du soir, les Prussiens ont apporté un piano dans le camp ; ils en touchent et chantent en chœur.

Samedi, 24 septembre — Le bruit court qu'un corps d'armée va arriver.

Je suis en observation avec ma longue-vue. J'aperçois un grand mouvement dans le camp ; 150 cavaliers environ passent le pont, puis viennent 40 voitures à 6 chevaux portant des barques en fer et 20 voitures de provisions. Deux uhlans partent au galop dans la direction du Vésinet et de Chatou ; au bout d'une heure ils reviennent, alors toutes les voitures et tous les cavaliers partent : ils vont construire un pont sur le deuxième bras de la Seine. Cent ouvriers les suivent.

Une calèche à 2 chevaux, précédée de 4 cavaliers et suivie du même nombre, traverse le pont. On dit que c'est Bismark. Les Prussiens s'opposent à ce que les élections aient lieu à Saint-Germain. Le prince Frédéric-Charles est à Versailles, Guillaume est à Ferrières, chez M. de Rothschild. On dit que le 1er de zouaves a jeté bas les armes à Châtillon ; il a été cause de toutes les pertes que nous avons éprouvées ; 1500 zouaves sont rentrés à Paris : on dit qu'ils seront fusillés.

Dimanche, 25 septembre, 9 heures 1/2 du matin. — On entend le canon du Mont-Valérien, coup sur coup. Vers 1 heure 1/2, les Prussiens font sauter le pont de Chatou : à ce moment, il y a une détonation qui ébranle tout. Les Prussiens construisent leur pont sur le deuxième bras de la Seine, mais le Mont-Valérien les dérange en leur envoyant de temps en temps quelques dragées qui font ressembler leur travail à celui de Pénélope. Vers 3 heures, un capitaine qui surveille les travaux a le mollet emporté par un boulet venu du Mont-Valérien. On voit pendant une heure ou deux planer un ballon sur la ville ; nos regards le suivent et nos vœux l'accompagnent ; chacun dit : s'il pouvait nous jeter une lettre !

Il arrive de Versailles 18 uhlans, puis 3 calèches découvertes : le tout se dirige vers le Pavillon Henri IV. On dit que le prince Frédéric-Charles y est et qu'il va y dîner.

Lundi, 26 septembre. — Le personnage venu hier soir est le duc de Wurtemberg et non le prince Frédéric-Charles. Le duc n'a pas dîné ici ; il s'est promené sur la Terrasse et est reparti avec sa suite pour Versailles. Hier soir, deux officiers causaient, appuyés sur la balustrade de la Terrasse, ne se doutant guère qu'une dame qui sait l'allemand les écoutait, sans en avoir l'air : « Voici un passage qui nous sera » funeste, disaient-ils en désignant le Mont-Valérien ; » il faudrait que nous pussions arriver aux Champs- » Elysées sans passer sous cette forteresse ; malheureu- » sement nous ne pouvons pas l'éviter. Nous perdrons » beaucoup d'hommes ! »

Les Prussiens sont fort inquiets. Le corps d'armée attendu n'arrive pas. Ils n'ont ici ni munitions, ni artillerie.

Mardi, 27 septembre. — Le commandant prussien fait annoncer que vendredi on vendra les chevaux de réforme. En voilà une audace! Ils volent les nôtres et vont nous vendre leur rebut! Il y aura des gens assez stupides pour le leur acheter!

Mercredi 28. — Rien à signaler.

Jeudi, 29 septembre. — Le capitaine qui a eu le mollet emporté dimanche, en surveillant les travaux du pont, a été amputé lundi : il est mort à la suite de l'opération. On l'enterre aujourd'hui. Par une coïncidence bizarre, ce capitaine est celui qui a fait bombarder la ville le 19 septembre au soir, et, comme un obus a emporté les jambes de saint Étienne, le peuple dit : Saint Étienne lui a rendu la pareille!

Le boulet qui a emporté le mollet de ce capitaine a tué 5 Prussiens.

A 5 heures du matin, nous avons eu une peur atroce. On a sonné, sonné à notre porte : c'était un Prussien avec un cheval et une belle voiture volés. Il a dit : « Loger moi avec voiture et cheval. » Ce dialogue avait lieu avec mon jardinier, qui loge en face, car nous n'avions pas ouvert. Une personne allemande qui habite la même maison que le jardinier dit au Prussien : « Il n'y a personne à la villa; passez, passez. » Il avait peine à croire, mais enfin il alla plus loin. Il est 11 heures du matin; un ballon jette des dépêches dans le jardin de la Nativité, devant ma porte. Français et Prussiens escaladent les murs; les pauvres religieuses sont très-effrayées. Plus de cent hommes bouleversent le jardin : ils trouvent une espèce de queue de cerf-volant. Ils la mettent sous le nez d'une reli-

gieuse et la poussent brutalement : « Vous avoir pris
» paquet au bout, vous le donner tout de suite. » Elle
jure n'avoir rien vu. Alors les chefs prussiens arrivent,
on met des factionnaires à tous les coins du couvent,
et on met vingt hommes coucher au couvent. Les
Prussiens sont furieux et disent que si d'ici deux
jours ils n'ont pas les dépêches, ils brûleront l'établisse-
ment ; d'autres disent qu'il faut brûler la ville. On fait
perquisition dans tout le couvent. On ne trouve rien.

Le général fait annoncer que lorsque les ballons
jetteront des dépêches, les personnes chez lesquelles
elles tomberont devront les apporter à la mairie.

Vendredi, 30 septembre. — Une nouvelle perquisition est faite au couvent ; ces dames jurent
qu'elles n'ont rien pris. On retire les hommes. L'af-
faire en reste là.

Samedi, 1er octobre.. — On entend le canon
et la fusillade. On se demande où a lieu le combat.
On est triste de ne pas le savoir.

Dimanche, 2 octobre. — Toujours le canon et
la fusillade.

On nous dit qu'une dépêche officielle arrivée à
Évreux porte qu'il y a eu un combat le 29 septembre,
on ne dit pas où. Nous aurions fait :

20,000 prisonniers,
15,000 hommes hors de combat,
Pris 26 mitrailleuses, 20 canons.

On dit aussi que les Bavarois ont refusé de com-
battre le 25 à Saint-Denis. Aux Alluets, 35 Prussiens
tués par les francs-tireurs.

Lundi, 3 octobre. — Rien de remarquable.

Mardi, 4 octobre. — On affirme que le duc
de Wurtemberg a été tué par un franc-tireur, il y a 2
ou 3 jours.

Mercredi, 5 octobre. — On entend le canon continuellement.

Jeudi, 6 octobre. — Toujours le canon.

Vendredi, 7 octobre. — Le Mont-Valérien tire du canon depuis ce matin, les Prussiens ripostent de la Celle-Saint-Cloud ; 11 heures 1/2, le roi arrive avec son état-major ; ils vont au Pavillon Henri IV, se promènent sur la Terrasse, visitent le Château, etc.; le roi est à pied et salue tout le monde, on ne répond pas. A 5 heures, tous partent pour Versailles; j'étais au bout de la rue Croix-Boissière avec Mlle Cécile, mon domestique et mon jardinier. Seul dans une calèche, passe un homme fort distingué, il nous salue très-respectueusement, je m'incline légèrement. Passe un officier des ambulances, je lui demande le nom du personnage qui vient de passer : C'est, dit-il, le duc de Cobourg-Gotha. Cinq minutes après, nous apercevons 25 à 30 uhlans avec les oriflammes blancs et noirs, puis, le roi et Bismark ; le roi me regarde, ôte sa casquette et s'incline, j'ai le temps de dire à ceux qui m'entourent : Ne saluez pas; je reste droite et froide et je lui décoche un regard de souverain mépris, il rougit et se couvre ; les personnages qui suivent dans une calèche et les uhlans me regardent et ils ont l'air de dire : elle n'est pas prussienne ! ils ne se trompent pas. On a tiré toute l'après-midi à Port-Marly et au Mont-Valérien ; on voit quelques incendies à Rueil et au Vésinet.

On fait circuler une dépêche datée du 2 et du 3 octobre, elle ressemble à celle qui est venue le lundi 2, on n'ose y croire; elle dit, en plus, prince Frédéric-Charles disparu; comte Murat tué.

Vendredi, 7 octobre, 10 heures du soir. Le bruit court qu'on a tiré sur le roi dans le trajet d'ici à Versailles et qu'on l'a manqué.

Samedi 8 , dimanche 9, lundi 10. — Rien à signaler, qu'une amère tristesse! Ni lettres, ni journaux! quelle existence!

Mardi 11, mercredi 12, jeudi 13. — Calme plat.

Vendredi, 14 octobre. — 500 hommes partent, on ne sait où; on en attend 1200 pour ce soir. On me procure l'*Indépendance belge* du 26 septembre et 4 *Moniteurs* des 4, 8, 9 et 10 octobre, cela me fait revivre!

Samedi, 15 octobre. — Le général Von Redern et les troupes royales quittent Saint-Germain. Dieu merci! Ces jeunes officiers étaient passablement viveurs et insolents, ils ont fait honneur aux caves; elles sont vides dans les maisons où ils ont logé; et puis ils ont amené *des femmes* dans des maisons respectables et ont fait des orgies. En partant, ils ont emporté les magnifiques couvertures de laine qui ornaient leurs lits.

Dimanche, 16 octobre. — Arrivent 3000 hommes, on en attend autant pour demain, ils sont bien fatigués, ils viennent de Strasbourg, ils disent : que si eux, pas à Paris le 26, eux plus se battre! Plusieurs pleurent en parlant de leurs femmes et de leurs enfants.

Le commandant fait annoncer qu'il faut rester chez soi et laisser les rues libres ; il est 5 heures 1/2, chacun s'empresse d'obéir ; tout est fermé; mais les rues fourmillent de Prussiens.

On affirme que dimanche, à Versailles, un soldat prussien a tiré sur le roi et lui a envoyé une balle dans la figure; je doute : mais enfin on le dit.

Lundi 17, mardi 18, mercredi 19, jeudi 20. — Rien à signaler.

Généralement on se loue de la manière d'agir de la landwher. On les aime mieux que les troupes royales, ils ne sont pas exigeants ; chez les pauvres , quand ils y sont logés, si on leur donne de l'eau-de-vie, ils la paient ; ils pleurent leurs femmes et leurs enfants, ils sont très-tristes.

Mon Dieu ! punissez ce méchant Guillaume qui n'épargne ni son peuple, ni nous; donnez-nous le succès sous Paris ; vous nous châtiez, donc vous nous aimez ! Je crois fermement que votre cœur est plus porté pour nous que pour celui qui, nouvel Attila, s'intitule votre fléau ; en effet, Guillaume est bien la verge de fer avec laquelle vous nous frappez ; mais quand vous jugerez que nous l'avons été assez, vous jetterez la verge de côté et, comme un bon père, vous nous tendrez les bras; que ce soit le plus tôt possible, mon Dieu ! Nous souffrons tous, justes et coupables; nous fléchissons sous le poids de nos malheurs, que les justes vous apaisent, et puis regardez Paris ! S'il a été corrompu, comme il est sublime en ce moment ! comme il rachète ses erreurs ! Sauvez-nous tous, mon Dieu ! la France est catholique, souvenez-vous-en !

Vendredi, 21ᵉ octobre, une heure du soir. — Je dirige ma longue-vue sur le Mont-Valérien, j'aperçois les drapeaux de combat sur les deux tours carrées. Mon Dieu, on va se battre ! En effet les troupes sont massées sur la redoute, le combat commence, c'est une pluie de feu : les Prussiens sont dans les bois de la Malmaison et de la Celle-Saint-Cloud , ils tirent à boulet rouge; après toutes ces charges d'artillerie, l'infanterie s'avance jusqu'à l'entrée du bois, elle entretient une fusillade nourrie et termine par une charge à la baïonnette, commeil en tombe, mon Dieu ! comme c'est grandiose ! mais que j'ai le cœur serré ! Il est

9 heures, il fait nuit, on rentre au fort : que de mères qui n'ont plus d'enfants !

La landwehr qui avait été appelée à Marly rentre au son du tambour et du sifflet, ils chantent, ils poussent des hurrahs, ils ont 8 prisonniers français et 1 capitaine.

Samedi, 22 octobre. — Je suis à ma fenêtre avec une longue-vue, il est 9 heures du matin, on ramasse les blessés d'hier : pauvres enfants ! comme ils ont dû souffrir, étendus sur la terre et blessés ! que c'est navrant !

Il est 2 heures, on apporte les soldats blessés, ce sont des Français ! on en met 16 aux Dames Saint-Thomas, il y en a 1 de mort dans la voiture ; on en met 6 à la Nativité, il y en a encore 1 de mort dans la voiture et 1 à l'agonie. J'irai voir ces blessés cette semaine ; je leur porterai du vin et des cigares, et puis je leur dirai de bonnes paroles.

Le Dimanche, 23 octobre. — Beaucoup de soldats communient, ils mettent des cierges brûler à l'autel de la Vierge, ils pleurent... Dieu qui sonde les cœurs sait s'ils sont sincères ; mais ici on n'est pas touché, le peuple ne croit pas à la piété de ces gens-là ! leurs actes répondent si peu à leur manière d'être !

Un soldat de la landwehr s'est pendu dans la forêt, il avait reçu une lettre de sa femme, elle lui disait : Je meurs de chagrin et de faim avec mes huit enfants ; quand tu recevras cette lettre, nous serons tous noyés.

Ah ! que la guerre soit maudite !

Lundi, 24 octobre. — On fait un grand travail au moulin à vent qui est près du Mont-Valérien, il y a au moins 100 ouvriers, on dirait qu'ils font une grande tranchée.

Mardi 25, mercredi 26, jeudi 27. — Toujours ce grand travail.

2

Jeudi, onze heures du matin. — Guillaume, — dit Attila, — vient déjeuner chez le duc de Hesse, qui est logé maison Moyenna, il est accompagné de trois généraux.

Vendredi, 28 octobre. — Toujours le grand travail au moulin du Mont-Valérien.

Vendredi ! jour néfaste ! Le bruit court que Metz a capitulé... Ils ont lu cela à leurs troupes ce matin dans les casernes ; raison de plus, pour que je n'y ajoute aucune foi ; on ne se rend pas avec 90,000 hommes, et puis, j'ai tant de confiance dans Bazaine !

On dit que le prince Frédéric-Charles est prisonnier de Bazaine, et que ce dernier offre de le relâcher en échange de 40,000 prisonniers français ! Comme tout cela est absurde ! Je ne crois nullement à ces deux cancans.

Samedi, 29 octobre. — Toujours le grand travail près du Mont-Valérien.

Je viens d'apercevoir pour la première fois, depuis l'invasion, sur une espèce de tour, à gauche de Fouilleuse, comme un phare électrique ; je veillerai ce soir afin de voir si j'ai deviné juste.

Dimanche, 30 octobre. — Le bruit court que, ce matin à 4 heures, les Prussiens ont tenté de prendre Rueil, ils ont échoué.

Toujours grand travail au Mont-Valérien, on enlève les ailes de mon cher moulin à vent ! on enlève aussi la toiture.

Un blessé de la Nativité m'a dit : que ces grands travaux se font pour recevoir de grosses pièces marines qui doivent arriver.

Je n'ai rien aperçu à Fouilleuse hier au soir ; mais, en ce moment, un ouvrier pose quelque chose sur la tour.

3 heures du soir. — De nombreuses troupes sales, pâles, rompues, traversent Saint-Germain. On dit qu'elles viennent de Versailles où elles ont essuyé une défaite, elles vont à Mantes, elles disent en passant dans la rue de Paris : *Français capout ! tous les tuer à Mantes !*

Dimanche, neuf heures du soir. — C'est bien un phare électrique que l'on a organisé à Fouilleuse, il éclaire toute la côte et lance ses feux avec orgueil sur le camp prussien, cela doit les vexer.

Lundi, **31 octobre**. — Rien à signaler ; toujours même travail au Mont-Valérien.

Quelle vie, mon Dieu ! on est comme dans un tombeau ! pas de lettres ! pas de journaux ! on ne sonne plus aux Églises, messieurs les Prussiens l'ont défendu, ils craignent que ce ne soient des signaux ; ils ont supprimé aussi les lumières, il faut qu'à 9 heures du soir, nous n'ayons pas une seule lampe qui brille.

Ce soir, à 9 heures 10 minutes, grands coups de canon au Mont-Valérien ; de 9 heures à 10 heures, plus de 30 coups sont tirés, on répond à la Celle-Saint-Cloud, puis dans la direction de Suresnes et Puteaux.

Mardi, 1er novembre. — La Toussaint. Temps sec, beau et froid, la fête est triste comme elle l'est toujours ; mais, l'office des morts vous glace ! on pense à nos pauvres soldats Français morts sur le champ de bataille et à tous ceux, hélas ! qui succombent et qui succomberont d'ici la fin de l'invasion ; pauvres victimes ! que ne puis-je vous remplacer ! vous aimiez la vie, vous ; et moi, j'en ai assez. L'humanité est si triste, quand on la connait comme je la connais, que ce n'est pas faire un sacrifice que de s'en séparer ; aussi je ne vous pleure pas. vous êtes partis avec vos illusions... mais je pleure avec vos mères, vos épouses, vos fiancées et vos sœurs...

A minuit, nous sommes réveillés en sursaut, les coups de canon se répercutent de tous les côtés, les carreaux en vibrent; je me mets à ma fenêtre, le ciel est en feu tant le Mont-Valérien allume de coups! quels échos! ils vous brisent le cœur! cela dure sans interruption jusqu'à 1 heure du matin, puis après, ce n'est plus que de temps en temps que le canon parle.

Ce matin on dit en ville, 2 novembre, que le Mont-Valérien a tiré pour protéger des travaux que nos Français font à Chatou; les Prussiens n'ont pas pu avancer, tant mieux! on les avait réveillés cette nuit; mais pour rien. On affirme que nous avons eu un grand succès à Saint-Denis, dans un combat qui a eu lieu de jeudi à samedi; on dit aussi que les Prussiens ont été défaits à Longjumeau, enfin on affirme que Metz n'a pas capitulé, on parle au contraire de divers succès obtenus par Bazaine.

Vers 2 heures d'après midi, on sonne de la trompette, on bat le rappel, tous les Prussiens sont sous les armes, les rues sont cernées, les boutiques se ferment rapidement ainsi que les maisons, le bruit court que nos chers Français sont au Vésinet et au Pecq, d'autres disent à Maisons, les Prussiens partent avec 6 pièces d'artillerie; toutes les voitures d'ambulance qui stationnaient vis-à-vis le Château sur le Parterre, sont attelées.

Tout le monde attend avec anxiété, on se dit : quel bonheur si les pantalons rouges arrivent, on ne se fera pas prier pour loger et nourrir tous ces braves; on se révolte quand il vous entre 6 Prussiens dans votre logis; mais on se dit déjà, si ce sont les Français qui viennent, j'en prends 12, nous leur donnerons nos lits et notre meilleur vin, nous les ferons manger à notre table, etc.

Au bout d'une heure les Prussiens qui étaient partis en poussant des hurrahs, en criant : vive le roi ! vive la Prusse ! rentrent en silence : c'était une fausse alerte.

Jeudi, 3 novembre — Le Mont-Valérien a tiré cette nuit avec une grande force depuis 9 heures 1/2 du soir jusqu'à 10 heures 1/2, puis de distance en distance jusqu'à 2 heures 1/2 ; à dater de ce moment jusqu'à 3 heures 1/4 le feu a marché sans interruption ; depuis ce matin cela continue.

Si les Parisiens savaient ce que c'est que l'invasion, s'ils se doutaient des souffrances morales que l'on endure à vivre avec ses ennemis, ils concluraient une paix honorable, ou ils provoqueraient une attaque ; quoi qu'il arrive, cela vaudrait mieux pour nous que ce qui est, vivre dans des transes comme celles où nous vivons, c'est la mort lente, c'est la plus terrible !

Les Prussiens viennent de démolir un mur tout neuf, propriété de M. Lecerf, à quelques pas de la villa ; ils craignent l'arrivée des Français par Versailles, ils placeraient des canons près de ce mur et ils tueraient tous nos soldats ; car ils domineraient tout à fait la route dans cette position.

Un journal de Rouen, que l'on m'a prêté hier, affirme que Bazaine a capitulé, nous sommes navrés ! mais je ne puis croire à cette fatale nouvelle ; malgré tous les malheurs qui nous accablent, j'espère encore, on ne se rend pas avec 90,000 hommes ! — Enfin si cette nouvelle honte nous est imposée, nous le saurons bientôt ; car les Prussiens se feront une joie de nous l'annoncer.

L'alerte d'hier avait pour cause ce qui suit : la garnison du Mont-Valérien a fait une sortie, nos soldats sont venus à Chatou et au Vésinet, ils ont tué tout un poste prussien, puis ils ont pris 3000 kilos de farine,

2.

des moutons, des bœufs, des vaches qui étaient débités par quartiers, etc.. ils ont filé avec toutes leurs provisions au Mont-Valérien ; les Prussiens ont su en route qu'ils n'avaient pas besoin d'aller plus loin, le coup était fait ! vivent les Français !

Au départ des Prussiens pour le Vésinet, un colonel de la landwehr était dans une légère voiture avec deux officiers ; aux cris que poussaient les soldats, le cheval du colonel a eu peur, il s'est jeté sur une bouche de canon, le colonel l'a maté un instant ; mais tout à coup, *l'intelligente bête* prend le mors aux dents, parcourt l'allée du Boulingrin en tuant et blessant 10 à 12 Prussiens, puis s'abat, tué le colonel et blesse les 2 officiers, dont un très-grièvement ; — ce cheval doit être français, on le mettra à l'ordre du jour.

11 heures du soir à minuit, les canons du Mont-Valérien, ceux de Montmartre ou Saint-Denis, ceux des Prussiens à la Celle-Saint-Cloud, ébranlent tous les échos, c'est effrayant ! Du reste on a dû se battre à Saint-Denis toute la journée.

Vendredi, 4 novembre. — Depuis 9 heures du matin les coups de canon retentissent de tous les côtés, mon cœur saigne en pensant à nos pauvres Français.

Les Prussiens logés chez une de mes amis disent : « Nous bientôt entrer à Paris, prendre dans cette ville tout l'argent pour nos familles, le roi l'a dit à nous. D'autres plus vieux disent : nous tous mourir à Paris, plus revoir femmes et enfants ; et puis ils pleurent à chaudes larmes et embrassent les portraits de leurs femmes qu'ils portent sur leur cœur.

Samedi, 5 novembre. — Toujours le canon jour et nuit de tous les côtés.

Dimanche, 6 novembre. — Pendant que j'étais sortie, le médecin général et deux aides de camp sont venus, ils ont dit à mon domestique d'ôter le drapeau d'ambulance, ils ont fait venir mon pauvre zouave, l'ont interrogé et sont partis sans rien dire ; mais comme ils ont enlevé les blessés presque partout, nous supposont bien que ce pauvre François va avoir le même sort : ce pauvre enfant est désolé, il est avec nous depuis le 13 septembre et il s'y plaît mieux qu'avec les Prussiens, il aurait bien envie de se sauver au Mont-Valérien ; mais le moyen ! — Je suis indignée contre ces Prussiens, ils ne respectent rien, ils rient de la convention de Genève. Ils la violent et nous enlèvent nos blessés pour se mettre à leur place.

Lundi, 9 novembre. — Midi 30 : on sonne ! ce sont des Prussiens, ils sont 7, ils me disent qu'ils vont loger chez moi et me présentent un billet qui dit : logera 2 officiers et leur suite. Plutôt mourir que d'avoir ces êtres-là sous mon toît, à ma table ! jamais ! dût ma fortune y passer, je ne les veux pas chez moi ! — Je fais venir une Allemande qui leur explique que je suis veuve, que je ne puis loger chez moi, etc., mais ils n'entendent aller, ni ailleurs, ni à l'hôtel ! — J'envoie à la mairie avec une lettre, alors on rectifie mon billet en les logeant dans une maison *inhabitée*, rue Saint-Louis, 17, à condition que je nourrirai cette troupe, je les envoie à l'hôtel du Cheval Noir et j'en suis quitte ; mais pas sans peine ! — A 4 heures on sonne encore, j'aperçois des Prussiens, je vais ouvrir et je referme la porte derrière moi, je me trouve ainsi dans la rue avec eux ; ils me disent : loger 2 officiers et 4 ordonnances, ils me remettent un billet de logement. Je refuse, je dis que j'en ai déjà 6, qu'il y a erreur à la mairie, que je ne peux prendre 12 hommes chez moi, etc., je leur offre de les faire conduire à la mairie, ou rue Saint-Louis, 17, afin de voir s'ils ne font pas partie de la bande que je loge, ils refusent, ils veulent entrer à la villa, je ne veux pas ouvrir, un brutal me menace d'enfoncer la porte, il dit que si je ne cède pas, que ce n'est pas 6 hommes que je vais avoir mais 20, il jure, il tempête, il fait le geste d'enfoncer la grille avec la crosse de son fusil, je mets une main sur son arme et l'autre sur son bras et je lui dis avec énergie : « Vous êtes un méchant, et si » vous faites cela, j'envoie chercher votre général, je » vous répète qu'il y a erreur et que vous n'entrerez » pas ici, » je lui fais traduire en allemand, il s'adoucit et comme il fait froid et qu'il y a 1 heure 1/2 que je les tiens là, il me fait demander, si je veux permettre qu'ils entrent se reposer en attendant leurs officiers, cela me contrarie ; mais enfin, je les fais conduire à la cuisine et au bout d'une demi-heure les officiers arrivent, ils les prennent et vont rue Saint-Louis, il y avait 2 billets pour les mêmes hommes, de là tout le mal que j'ai eu! quelles émotions, quels battements de cœur! mes jambes sont brisées et je suis morte de froid. C'est égal! je suis fière, je les ai maintenus à ma porte pendant une bonne heure et demie, il m'en coûtait tant de laisser pénétrer des Prussiens chez moi!·

Le bruit court qu'un armistice est signé. Dieu veuille que la paix en sorte !

Mardi, 8 novembre. — Le canon a grondé cette nuit de 3 heures à 5 heures bien fort, bien fort; quelle vie! mon Dieu! quand serons-nous délivrés!

Metz a capitulé ! ce n'est que trop vrai ! ah ! Bazaine, ah ! est-ce qu'il serait un lâche et un traître aussi celui-là! mais alors, on ne peut plus croire à rien ! pauvre France!

Les 6 Prussiens qui me sont échus viennent se plaindre de leur hôtel, ils disent qu'ils n'ont pas assez à manger — les goinfres ! — ils veulent changer de gîte, je refuse, je leur promets d'aller faire des reproches et qu'ils seront mieux ; ils me demandent de leur donner la somme que je dépense pour eux et qu'ils s'en arrangeront, je refuse encore parce que si j'acceptais, ils viendraient demain me dire qu'ils n'ont pas assez.

Je viens de l'hôtel du Cheval Noir, on m'a affirmé qu'ils ont eu hier : café au lait le matin, à 11 heures 1/2 2 plats de viande, légumes, dessert et café, le soir à 6 heures, potage, bœuf sauce tomates, mouton aux navets, poulet au cresson, choux de Bruxelles, dessert, café, et ils se plaignent !

Les 9, 10, 11, 12, 13, 14, 15, rien à signaler qu'un grand ennui, c'est inévitable, nous restons chez nous pour ne pas rencontrer nos ennemis, c'est bien assez de les sentir là ! *sentir* est le mot ; car ça a une odeur, ces Prussiens ! on les suivrait à la piste.

L'armistice n'a pu avoir lieu, dit-on, on tire du canon partout aux environs, ils se tuent encore !

16 et 17 novembre. — Canonnade effrayante, c'est à vous faire pleurer !

18, 19, 20, 21, 22, 23, 24, 25, rien à signaler ; mais dans la nuit du 26 au 27 novembre, une canonnade à tout ébranler, le Mont-Valérien, Saint-Denis, Montmartre, puis dans la direction de Saint-Cloud, Montretout, bref de tous les côtés ; à 4 heures du matin un coup retentit et me fait sauter du lit, les portes et les fenêtres sont secouées avec violence, on a dû miner un pont.

Dimanche 27, lundi 28, mardi 29 jusqu'à midi, canonnade et fusillade, mitrailleuses, etc., nous en sommes abasourdis, quelle tuerie il doit y avoir ! nous ne dormons pas depuis samedi. — Que tout cela est navrant ! si encore c'était la fin ! A 5 heures du soir tout recommence et cela ne cesse plus de 9 heures à minuit, le ciel est en feu de tous les côtés, les coups de canon, les bombes, la fusillade, tout éclate à la fois, c'est navrant! — Nous sommes au mercredi 30 novembre 9 heures du matin, cela ne cesse pas d'une minute. Il est 8 heures du soir, le feu cesse; mais il a duré toute la journée sans interruption, que de morts il doit y avoir! pauvres blessés, qui va les ramasser! que ne peut-on aller les réchauffer avec du bon bouillon, du bon vin, de bonnes couvertures! — c'est de grand cœur, que je donnerais les miennes — pauvres enfants, que ne peut-on aller leur dire de bonnes paroles! — On entend encore des coups de canon isolés.

Jeudi, 1er décembre. — Encore du canon toute la nuit; depuis samedi, je ne dors plus. Nous sommes tous dans une grande anxiété, on voudrait si bien connaître le résultat de la journée d'hier! que ne donnerait-on pas pour cela! il y a eu certainement une sortie de Paris, sommes-nous victorieux? Ah! Dieu le veuille!

Un capitaine prussien a dit que, dans la journée d'hier, mercredi 30, le Mont-Valérien et les forts ont lancé 8,000 projectiles, ils ont des hommes spécialement chargés de tenir le compte de tout cela.

Vendredi, 2 décembre. — On dit que nous sommes victorieux, la journée du 30 a été glorieuse pour nous; mais à quel prix? enfin, attendons les détails; qu'ils sont longs à venir, mon Dieu!

Le canon gronde toujours, on entend le roulement des mitrailleuses, on dit que c'est à Vanves que le combat a eu lieu.

Samedi, 3 décembre. — Toujours le canon. On me prête des journaux de Rouen, le prince **Frédéric-**

Charles a été battu cinq fois, bien battu à Châtillon-sur-Loing.

Nous sommes victorieux à Épinay, Saint-Denis, et au fort de la Briche, les Prussiens ont monté à l'assaut, ont été repoussés avec des pertes énormes, je ne sais si tout cela est vrai ; mais nos ennemis le donnent à croire ; car ils sont très-tristes.

Dimanche, 4 décembre. — Cette nuit, les 3,000 hommes qui étaient ici sont partis, ce serait charmant s'ils ne revenaient pas ; mais, hélas ! enfin, espérons ; la colère de Dieu va peut-être se calmer. La journée est passée, les troupes ne sont pas revenues !

Lundi, 5 décembre. — Les troupes ne sont pas encore rentrées, on respire et on se dit déjà : si l'on pouvait ne plus revoir un seul Prussien !

On m'apporte une feuille intitulée : Documents officiels, signée Gambetta ; le général Ducrot est sorti de Paris avec 100,000 hommes ; à la suite d'un combat où les Prussiens ont éprouvé des pertes énormes, les Français occupent Brie-sur-Marne, le général Vinoy doit commander une sortie sur le sud. Trochu commande en chef et a appuyé la sortie de Ducrot avec 150,000 hommes. On dit que le chemin de fer d'Orléans est libre, on le parcourt au moyen de wagons blindés faisant feu en roulant. Puisse l'avenir confirmer ces bonnes nouvelles !

Lundi, 3 heures. On sonne la clochette pour avertir les habitants de tenir à souper pour les troupes, elles vont revenir à 7 heures ; tout le monde est consterné ! on était déjà habitué à ne plus les voir.

Mardi, 6 décembre. — Les 3,000 hommes ne sont rentrés qu'à 11 heures 1/2 de la nuit, ils étaient rompus ! ils ne peuvent pas se lever, ils n'ont rien pris depuis 52 heures, leurs pieds sont en compotes, ils n'ont soupé ni les uns, ni les autres; ils ont demandé soit café, soit vin chaud, et se sont jetés sur leurs lits; que c'est triste; car, enfin, ces pauvres soldats sont les victimes de l'ambitieux Bismark et de l'orgueilleux Guillaume. On dit que ces troupes n'ont pas pu passer à Longjumeau, que les Français y sont et les ont reçus à coups de mitrailleuses, est-ce vrai?

Les jours s'écoulent tristement, rien de certain ne nous arrive, nous savons que les Prussiens sont à Argueil et qu'ils marchent sur Rouen; mais, mon Dieu, c'est la tête de l'hydre de Lerne, plus on en tue, plus il en pousse, ils ont bientôt envahi toute la France; pauvre France adorée! comme te voilà souillée! qui te régénérera!

Lundi, 19 décembre. — L'événement important pour Saint-Germain, c'est qu'à dater d'aujourd'hui, les soldats apportent chez l'habitant, viande, pain et café, l'habitant les couchera, fournira le vin, le chauffage et l'éclairage, puis fera leur popote; on est si malheureux depuis trois mois, si ruiné, que cette mesure rend heureux. Les officiers sont entièrement à la charge de l'habitant; il faut en avoir pour savoir ce que c'est.

Mercredi, 21 décembre. — Quelle nuit! depuis hier, 10 heures du soir, la canonnade n'a pas cessé, le Mont-Valérien et les forts voisins grondent d'une manière effrayante; il est 2 heures, on n'entend plus rien, on se demande quel est le vainqueur, on souffre de cette incertitude, c'est la plus grande douleur que l'on puisse imposer à un cœur français!

Je ne sais pourquoi, mais j'espère! il me semble que Dieu va enfin déposer son glaive ou, du moins, qu'il va le retourner vers l'orgueilleux Guillaume. Nous allons être des jours à connaître le résultat de ce combat!

Nos ennemis dévastent les environs, ils ont pillé à Croissy, chez M. le comte d'Épremesnil et, au Pecq, chez M. Schnapper, au château de Grandchamp. Les misérables! rien ne leur manque et ils pillent tout, ce ne sont pas des soldats, ce sont des bandits; la guerre a ses libertés, certainement; mais jamais à ce point, ce sont des êtres vils, jamais l'histoire ne les flétrira comme ils le méritent.

Jeudi, 22 décembre, sept heures du matin. — Le canon a encore grondé toute la nuit. Nos Français sont dans l'Ile de Chatou; ils ont posé un pont et cherchent à en poser un sur le second bras de l'Ile; ils tirent sur les Prussiens qui sont au Pavillon, à gauche du pont du chemin de fer; ils vont les déloger, et après il y aura sans doute un combat au Vésinet. On dit que dans ce Pavillon, qui appartient à M. Petit, ils ont de l'artillerie.

Depuis 8 heures du matin, nous apercevons un Pavillon carré, sous Fouilleuse, près de la Malmaison, qui doit brûler, car il en sort une fumée épaisse par la toiture à droite; 3 heures du soir, le feu éclate, et les flammes sortent par trois fenêtres au deuxième étage, à droite.

Vendredi, 23 décembre. — Nous avons vu brûler le Pavillon jusqu'à 10 heures du soir. Je viens d'apprendre, par un homme de Croissy, que ce Pavillon est à M. Rodrigues ou à Mme Courtois; du reste, cette propriété a dû être pillée, parce que depuis six à sept semaines, la porte et la fenêtre à gauche en entrant étaient ouvertes; nous avons vu cela avec la longue-vue.

On annonce qu'il va arriver 1200 hommes, et nous en avons 3000!! On a soin, en faisant faire cette annonce, de dire : Que quel que soit le nombre d'hommes que l'on va envoyer dans chaque maison, il est défendu de faire des observations. Quelle contrainte, mon Dieu, et quand tout cela finira-t-il ! Quand sonnera l'heure de la délivrance ! Quand est-ce que notre sol sacré ne sera plus foulé par ces hordes !

Mardi, 10 janvier 1871. — On annonce qu'une perquisition domiciliaire va être faite chez chaque habitant, afin de voir si personne ne cache des armes. — A partir de 10 heures, des sentinelles sont à toutes les portes et au bout de chaque rue ; il est défendu de circuler sous peine d'être fait prisonnier. A 1 heure 20 Prussiens entrent à la villa et la visitent avec moi de tous les côtés ; j'ouvre les armoires, les meubles, etc.; ils ne trouvent rien. Cette perquisition est inique. Voici 4 mois qu'ils sont hébergés par nous ; ce que l'on fait pour eux, on le fait par force et non de cœur, c'est vrai ; mais enfin notre fortune y passe, et ils se salissent, comme s'ils ne l'étaient pas assez, par ce nouvel acte ! Quelle haine ces gens-là amassent dans notre cœur ! ! Je n'ai jamais autant regretté d'être femme qu'aujourd'hui ! Si seulement j'avais des fils, je le jure, ils seraient soldats, afin de pouvoir un jour laver les injures dont ces Huns nous abreuvent ; mais notre tour viendra. Je demande à Dieu de vivre jusqu'à ce que j'aie vu s'accomplir notre vengeance ; je ne suis pourtant pas belliqueuse, car je suis du nombre des utopistes qui rêvent le désarmement général. Mais à présent que j'ai subi l'invasion, depuis 4 mois, je trouve qu'il n'y a qu'un moyen pour me consoler : c'est qu'on en fasse autant à la Prusse. Je ne puis donner mes bras ; mais je me priverai de voyages, de distractions, et l'argent qui passerait à tout cela, je le donnerai pour acheter des mitrailleuses ; jamais nous ne pourrons assez nous venger.

Jeudi , 19 janvier, huit heures du matin.
— Il y a aujourd'hui *quatre mois* que nous subissons l'invasion, que nous hébergeons ces sauvages !
Quand donc, mon Dieu, nous délivrerez-nous ! Ah! que
ce soit bientôt !

9 Heures du matin. — Une alerte ! Ils partent tous,
artillerie, landwher, tous ! S'ils pouvaient ne plus revenir ! La bataille a lieu sous le Mont-Valérien. Que
d'hommes, mon Dieu ! comme je les vois bien avec la
longue-vue ! que de troupes qui arrivent de Paris sur
la route de Courbevoie ! — Du Mont-Valérien aux bois
de la Malmaison, tout est couvert de soldats : artillerie, cavalerie, zouaves, spahis, soldats de la ligne. Que
c'est beau ! Quel spectacle grandiose ! Les Prussiens
sont dans les bois, les lâches ! Ils n'en font jamais
d'autres. Ils sont à Bougival, à la Malmaison, à Marly.
Comme ils tirent, mon Dieu !! Pauvres mères, pauvres
femmes, pauvres fiancées, pleurez, car les vôtres ne
sont plus ! Il est 4 heures, les voitures d'ambulance
avancent, les brancardiers aussi ! Ils commencent leur
triste mission ; ils ramassent les blessés. Comme il y en
a, mon Dieu ! Comme les voitures s'emplissent vite !...
On entend toujours le canon, les mitrailleuses et la
fusillade ; mais le bruit s'éloigne, nous devons être
victorieux ; mais à quel prix ! Comme nous aspirons
les détails !

Vendredi , 20 janvier. — Quelle nuit !! Il
m'a semblé entendre les plaintes des blessés et les
soupirs des mourants. Mon âme est triste ; je pense à la
douleur de toutes ces pauvres familles.

8 Heures du matin. — On affirme que nos chers
Français ont poussé les Prussiens jusqu'à Ville-d'Avray
(Seine-et-Oise), à 4 kilomètres N.-E. de Versailles, près
de Sèvres. On dit que nous avons repris Montretout,

quel bonheur! Comme nous hâtons de toute l'ardeur de nos vœux le moment où nous aurons des détails! Puisse le succès être la part de l'armée de Paris : soldats et habitants le méritent bien. On dit que nous sommes maîtres des hauteurs de Saint-Cloud, et que sous peu, si cela n'existe pas déjà, notre brave Trochu sera à Versailles avec les nôtres.

On écrit que Bourbaki a sauvé Belfort, qu'il s'est emparé de Villers-Sexel; que la ligne de l'Est est coupée, que les Prussiens ne peuvent plus recevoir de munitions, etc. Bref, on est joyeux, on espère! Ah! ce n'est pas trop tôt! Quel beau jour sera celui de la délivrance!

Jeudi, 26 janvier. — Pas un journal! Nous ne savons rien de certain sur le combat du 19. Dans quelle anxiété nous vivons! On dit en ville que Chanzy marche sur Paris, qu'il en est à 40 kilomètres; on dit que Bourbaki est à Nancy. On s'attend à entendre un de ces matins le clairon français : quel écho il trouvera dans nos cœurs!

Nous allons faire des provisions de vivres, car on dit que nous serons peut-être pris entre deux feux, et puis il faut en amasser pour nos braves soldats, s'ils arrivent à Saint-Germain.

Dimanche, 29 janvier. — La plume me tombe des mains! Je tremble et ne puis croire! On affirme que Paris a capitulé; on dit que nous avons été battus le 19, que tout est perdu : l'armée de Chanzy, battue; l'armée de Faidherbe, battue le 22 janvier à Saint-Quentin; Garibaldi pris entre deux feux avec son armée! Le brave Bourbaki s'est brûlé la cervelle pour ne pas assister à une défaite! Les historiens parleront de tous ces faits navrants; quant à moi, je m'arrête découragée, et je maudis ceux qui ont déshonoré notre belle France en commettant la folie de déclarer la guerre quand ils n'étaient pas prêts.

Midi. — On affirme qu'à 10 heures les Prussiens ont pris possession du fort du Mont-Valérien! Pauvre général Noël! Braves marins, héroïques soldats, comme ils ont dû pleurer! On dit que tous les forts sont concédés à l'ennemi, que les soldats sont désarmés, que l'Alsace et la Lorraine seront neutres pendant dix ans, que, ce laps de temps écoulé, on consultera ces provinces pour savoir si elles veulent être allemandes ou françaises. Comme si la question était douteuse!

Enfin le drame est terminé! Le dernier tableau vaut les autres! Jetons un crêpe sur tous ces crêpes et supplions Dieu de régénérer la France.

Lundi, 30 janvier. — Tout est vrai! Tout le monde pleure, tout le monde est malheureux! On avait tant espéré!

Puissent tous nos désastres servir d'exemple à la génération qui s'élève, puissent les vrais patriotes raconter à cette jeunesse que ce qui nous a perdus, c'est non-seulement le petit nombre en face du grand, mais c'est surtout le peu d'instruction des officiers et l'indiscipline des soldats, tristes résultats d'une vie molle et luxueuse!

Le mal peut se réparer. Il faut se venger. Le Français ne doit avoir que cela en vue; mais pour se venger noblement, il faut qu'il se transforme, il faut qu'il puise ses modèles dans l'antiquité. De plus lettrés que moi le guideront; mais qu'avant tout il consulte son cœur et son âme : ces livres-là lui diront ce qu'il a à faire pour se relever.

Il y a un armistice qui expire le 19 février 1871; nous ne pouvons plus songer à nous battre; tâchons d'obtenir une paix honorable.

RELATION D'UN VOYAGE A PARIS

Vendredi, 3 février. — Nous sommes trois dames; nous avons retenu une voiture et un cheval — deux sont introuvables; — prix : 70 francs. La voiture doit nous prendre à 8 heures, nous sommes prêtes, rien! 9 heures, rien! 9 heures 30, le cocher arrive. Nous partons, nous traversons Port-Marly, Bougival, Rueil; quel spectacle! Ce ne sont que maisons crénelées, maisons brûlées, maisons pillées! Ah! la guerre! la guerre! quelle horrible chose!

Nous arrivons au pont de Neuilly à 10 heures 40. Les Prussiens sont là. Je leur montre un laissez-passer, mais il ne vaut rien. « Nix passer, nix, » répètent-ils. Chinois, va! Nous prions plusieurs officiers qui sont là; mais la consigne est formelle, nous ne pouvons rien obtenir. Nous allons à l'état-major, même réponse. Nous restons dans notre voiture, sans bouger, jusqu'à midi. 12 ou 1500 voitures qui nous suivent font comme nous; 2000 à 3000 piétons stationnent aussi.

A midi 15, un personnage français, qui était à notre arrivée avec le général prussien, s'avance vers nous et nous dit : « Vous êtes encore là? » — « Hélas! oui, monsieur. Ma fille est accouchée il y a huit jours. Lisez cette lettre; on m'écrit de lui porter du pain blanc pour elle et le baby. Si je n'arrive pas aujourd'hui, elle sera peut-être morte demain! » Ce monsieur, dont je voudrais bien savoir le nom, se met à la tête de notre cheval; il place deux gendarmes prussiens de chaque côté de notre calèche et crie : « Laissez passer, laissez passer. » Le mur humain s'écarte; je remercie mon sauveur, il me salue et me dit de façon à être entendu de la foule : « Il est défendu d'entrer dans Paris aujourd'hui, et si ce n'était pas pour une nouvelle accouchée, vous ne passeriez pas, madame. »

Il est une heure, j'arrive boulevard Haussmann, je remets 1 poulet et 4 pains blancs au fils de ma bonne amie, Mme Hollard : grande joie ! Je vole rue de Rivoli chez ma famille, ils sont tous vivants et se portent bien ; on vide les malles, les sacs, cris de joie à la vue des provisions : 8 kilos de pain blanc, poulets crus, poulet cuit, gigot, pâté, beurre frais, fromage, pommes, sardines, etc., etc.; comme on s'en promet ! Louise embrasse un gros lièvre, et la petite gourmande le mangera !

Mlle Cécile et moi déjeunons à la hâte, nous ne voulons pas toucher aux provisions apportées par nous ; alors nous mangeons du filet de cheval et un bon morceau de pain noir, ce pain de la douleur qui en a tant mené à la mort.

Le cocher doit nous prendre à 3 heures 30, à 4 heures 30, il n'est pas encore là ; je suis tourmentée au delà de tout, les ponts-levis ferment à 6 heures, nous arriverons trop tard ! Enfin le cocher arrive, il est ivre ! nous partons, je lui dis : allez vite, ou nous ne passerons pas ; rue Neuve-des-Petits-Champs, le cheval tombe, 20 personnes aident à le relever, il n'a pas de mal, la voiture non plus ; nous filons promptement, nous arrivons à temps au pont-levis ; mais au pont de Neuilly, la barricade est fermée ! prières, supplications, rien ne fait : *Nix passer !* trop tard... 12 à 1500 personnes à pied prient, mais en vain ; 7 à 800 voitures sont derrière la nôtre ; un Prussien nous dit qu'il faut aller coucher à Neuilly, que nous ne passerons pas. Nous restons jusqu'à 8 heures 30 ; à ce moment, un poste de 50 Prussiens sort, pousse les pié-

tons à coups de baïonnette et les chasse vers Neuilly
ensuite ils prennent les chevaux par la bride et font
faire demi-tour à toutes les voitures ; nous étions les
premières, nous nous trouvons les dernières heureuse-
ment ! J'appelle l'officier : « Je vous en supplie, Mon-
» sieur, laissez-nous partir pour Saint-Germain, nous
» sommes trois dames, nous ne consentirons jamais à
» coucher à Neuilly, nous allons passer la nuit dans
» notre voiture ; mais ma fille est très-malade chez
» moi et, en ne me voyant pas rentrer, elle va mourir
» d'inquiétude. » Madame, la consigne défend d'ouvrir après 6 heures, je suis vraiment fâché.—Mais, Monsieur, voici un laissez-passer de la Préfecture de po-
lice.—Madame, il n'y a que ceux du Gouvernement de
valables, celui-ci est autre chose. (Sic.) —Monsieur, je
vous assure qu'il est bon ; et puis, est-ce que la consigne existe pour les dames ! L'officier sourit, il donne
l'ordre de rompre les chevaux de frise, et nous passons, il est 9 heures du soir.

A 10 heures 30, nous sommes à Bougival, nous ren-
controns une voiture Paris - Lyon - Méditerranée, qui
vient de chercher des farines, elle est embourbée,
15 chevaux tirent, il y a 4 heures qu'elle est là, elle
n'est pas encore dégagée, elle barre la route, ce qui
nous force à suivre les bords de la Seine ; mais Port-
Marly a été dépavé par les Prussiens, alors nous aussi,
nous nous embourbons : 12 ou 15 Prussiens nous tirent
de ce mauvais pas ; 10 à 15 mètres plus loin, nous ne
pouvons pas faire franchir un obstacle à notre cheval,
les Prussiens poussent, le cheval tire, crac ! un trait
casse : un charretier, qui vient derrière nous, nous
vend une corde, et nous arrivons à 11 heures 30 du
soir à la Villa, fort heureuses d'y rentrer vivantes.

Pour compléter la journée, 6 Prussiens sont arrivés

chez moi aujourd'hui ; ils sont à l'hôtel à mon compte :
2 officiers et 4 ordonnances. Quand tout cela finira-
t-il ?

Vendredi, 10 février, quatre heures du soir.
— On a annoncé un passage de troupes, 60,000 hommes environ ; 6 à 8000 logent à Saint-Germain ; j'ai
12 hommes pour ma part.

2 Officiers et leur ordonnance se présentent ; l'eau
tombe à torrents ! On ne mettrait pas un chien dehors.
Ces Messieurs me disent qu'ils viennent pour loger
chez moi ; je sens que je ne peux les attendrir que
par la plus grande politesse ; néanmoins je les reçois,
comme je les ai reçus tous depuis l'invasion, sur le
perron, et je leur dis : Ce billet vous a été donné par
erreur, Messieurs ; en ma qualité de veuv . je n'ai logé
chez moi ni officiers ni soldats depuis .. mois ; nous
sommes tous restés ici ; je n'ai pas une seule pièce de
libre ; mais, vu cet affreux temps, si vous l'exigez,
Messieurs, je vous donnerai ma chambre, et je passe-
rai la nuit dans mon salon. *Il faut rendre à César ce
qui appartient à César.* Ces officiers s'inclinent avec
force politesses, et disent : Ah ! Madame ! nous serions
fâchés qu'il en fût ainsi, etc. Si vous y consentez,
Messieurs, mon domestique va vous conduire dans un
excellent hôtel où vous trouverez un bon souper et un
bon lit ? Ils acceptent ! Et de nouveau je remercie Dieu
de ce qu'ils ne logent pas chez moi. Il me semble que
mes amis dormiront mieux et mangeront mieux quand
ils me visiteront, et que je leur dirai : *Mes chambres et
ma table n'ont servi à nul Prussien*

Un jour, un membre de la Commission me fit la pro-
position suivante : Vous allez être bien ennuyée, vous
aurez tantôt 6 Prussiens, tantôt 10, il peut se trouver
des officiers qui vous forcent à les loger, etc.; voulez-vous

que je vous envoie une célébrité scientifique de Prusse,
ce monsieur est de très-grande famille, fort distingué,
il sera ici tout le temps de la guerre, il ne veut pas
loger dans un hôtel; si vous consentez à le recevoir,
vous n'aurez que lui et son ordonnance, ce qui vous
fera très-peu de frais, et puis vous trouverez là une
intelligence remarquable, ce monsieur fait partie de
nombreuses Sociétés savantes d'Europe. Ma réponse
fut courte: Merci mille fois, on m'offrirait le roi que je
refuserais; quand je devrais dépenser 100 francs par
jour, je mets mon orgueil à pouvoir dire : pas un
Prussien n'a couché ici! la vue d'un de ces êtres à ma
table me donnerait une indigestion quotidienne.

VOYAGE A SAINT-CLOUD

Lundi, 20 février. — Hier lundi nous avons
été en voiture visiter ce que jadis on nommait Saint-
Cloud! il a existé, mais tout est fini! quel spectacle!
quelle horreur! quelle destruction! aucune plume
ne peut décrire, il faut voir! Le château n'est plus
qu'un squelette noirci par l'incendie, c'est effrayant.
Quant aux maisons, villas, etc., tout cela a vécu!
il reste un pan par ici, un pan par là ; on voit, dans
quelques étages effondrés, une cheminée restée sus-
pendue, un cadre, une glace, un berceau, muets
témoins de ce qui fut! Ah qui ne voit Saint-Cloud dans
l'état où il est aujourd'hui, n'aura qu'une faible idée
de la guerre et de ses œuvres infernales!

Nous avons rencontré Guillaume, il n'avait pas l'air
gai, il passait au pied du château de Saint-Cloud, j'ai
eu envie de lui dire : Contemplez votre ouvrage,
gémissez sur les résultats de votre fol orgueil. Je me

console en pensant que sa conscience parlera pour moi, et que le remords le conduira où je voudrais le mettre, c'est-à-dire au tombeau et le plus tôt possible ; si j'étais homme, il y descendrait demain, le monstre ! il a souillé notre chère France, il l'a ruinée, il l'a couverte d'un crêpe ; mais nous nous relèverons et nous nous vengerons ; nous sommes sur un buisson d'épines, mais les roses ne sont pas mortes.

J'ai trouvé dans les ruines de Saint-Cloud, tout près du château dans l'allée de droite, une superbe tête de bélier étranger, naturalisée ; ce sera peut-être le seul objet sauvé des flammes, c'est une vraie merveille ; elle était souillée de boue ; mais on vient de la laver, de la brosser, de la peigner, elle est splendide, elle orne mon vestibule ; après avoir brillé dans le palais des Rois, elle a pour abri ma modeste villa ; plus heureuse que ceux qui l'ont possédée, elle est encore en France !

1er mars. — La paix est signée, elle est dure, mais elle ne représente que mieux ce que seront les représailles ; buvons le calice et réservons la lie pour la Prusse.

Dimanche, 12 mars. — *Sursum corda !* — Enfin ! ils sont partis ! espérons, mon Dieu, que nous ne les reverrons jamais !

En ville, on a l'air content, sinon heureux. Ah ! c'est qu'il faut du temps pour oublier une invasion qui a duré 175 jours ! Avons-nous pleuré ? avons-nous eu peur par moments ? avons-nous été découragés ? et il y avait de quoi !

Charmante coïncidence ! les Prussiens partent et les hirondelles arrivent ! ces gentilles messagères ont sans doute guetté le départ de nos ennemis, car hier elles n'étaient pas parmi nous : puissent-elles être le présage de jours tranquilles ! Maintenant, que les Prussiens ne peuvent plus ni voir ni entendre ce qui se passe ici, je vais, mes amis, vous faire ma confession; vous verrez si je mérite un bon point pour ma soumission. Ces affreux Prussiens ont fait annoncer et afficher, chaque mois, que ceux qui ne paieraient pas les impôts, auraient 60 hommes à loger et à nourrir ou bien qu'on irait en prison, etc. Je n'ai pas versé un centime.

Ils ont fait un emprunt de 600,000 francs avec menaces furibondes pour ceux qui ne verseraient rien... Je n'ai pas versé un liard! Ils ont fait annoncer qu'on ait à porter ce que l'on avait d'armes, qu'ils brûleraient les maisons de ceux qui en conserveraient, etc. J'ai caché toute ma belle panoplie, — souvenir de mon mari, — ils ont passé si près d'elle en faisant perquisition, que j'en ai pâli, mais ils n'ont rien trouvé. — Ils ont fait annoncer que tous ceux qui avaient des jardins leur portent les bêches; j'ai dit à mon jardinier : Je vous recommande bien de ne rien leur porter du tout, il ne sera pas dit que nous leur avons fourni des outils pour faire des tranchées. N'est-ce pas que j'ai été soumise? qu'en dites-vous?

Espérons que l'heure de la revanche sonnera; pour cela, il faut du temps et des hommes; quel beau jour que celui où on entrera à Berlin... Et pourtant, s'ils veulent nous rendre l'Alsace et la Lorraine, prenons-les, et puis laissons-les, nous sommes trop braves pour nous mesurer avec ces taupiers-là qui sont toujours dans des trous, derrière des maisons ou dans les bois.

12 mars. — Jour de délivrance!

Imprimerie L. Toinon et Cie, à Saint-Germain.

www.ingramcontent.com/pod-product-compliance
Lightning Source LLC
Chambersburg PA
CBHW060859180626
46818CB00004B/1777